夢十夜

夏目漱石＋しきみ

首次發表於「朝日新聞」1908年7月25日～8月5日

夏目漱石

慶應3年（1867年）出生於現在的東京都。自帝國大學英文科畢業後任職教師，之後前往英國留學。回國後發表小說『我是貓』。之後進入朝日新聞社，成為職業作家。其他代表作有『少爺』、『三四郎』、『從此以後』、『明暗』等。

繪師・しきみ（樒）

插畫家。居住於東京都。除了為『刀劍亂舞』等知名線上遊戲設計角色以外，也參與多項書籍裝幀、並與服裝品牌攜手合作設計事宜。著作有『與押繪一同旅行的男子』（江戶川亂步＋しきみ）、『貓町』（萩原朔太郎＋しきみ）、『獏の国』等。

第一夜

做了這樣的夢。

我交叉起手臂坐到枕邊，女人仰躺著、以平靜的聲音述說：「我就要死了。」女人長長的髮絲在枕頭上散開，輪廓柔和的瓜子臉就橫躺在正中。白淨的臉龐透出溫暖的血色、唇瓣也是紅潤的，看起來實在不像是將要死去。但是女人用平靜的聲音，清楚說著：「我就要死了。」我也想著，那麼的確是要死了吧。因此我由上往下凝望著她問道，這樣啊，就要死了嗎？女人說：「會死的。」同時睜開了她的眼睛。那是一雙大且水靈的眼睛，在長長睫毛之下是一片無邊無際的黑色。而那黑暗的眸子深處，鮮明浮現出我自己的身影。

我眺望著這彷彿深不見底的澄澈黑瞳，心想這真是要死了嗎？因此又親暱地靠向枕邊，再次問道，不會死的吧？沒問題吧？而女人則睜著睡眼惺忪的黑色雙目，依然用平靜的聲音回道：「就是會死哪，這也是沒辦法的。」

我執意問著，那麼，妳能看見我的臉龐嗎？能看見嗎？她向著我笑了笑。「唉呀，不正映在這兒嗎？」我沉默地將臉從枕邊挪開。雙手抱胸的同時，想著難道她非死不可嗎？

過了好一會兒，女人又開口了。

「我死了以後，請埋葬我。用大大的珍珠貝殼來挖墓穴，然後用天上落下來的星星碎片放在那兒作為墓碑。之後請在墓旁等著。因為我會來見你。」

我問，妳何時會來見我呢？

「太陽將升起。然後會落下。之後仍然會升起，也依舊會落下。——紅色太陽從東邊往西邊走、自東方往西方沉下，反反覆覆——你能等嗎？」

我默默點了點頭。女人原先平穩的音調高了些。

「請你等一百年。」女人像是下定了決心。

「一百年，請你坐在我的墓旁等候。我一定會來見你。」

我只回答，會等的。

於是黑色眸子當中我那清晰可見的身影，猛然崩毀。就像是平靜的水面受到擾動那樣，映照在上頭的影像因此亂了調、從一旁流出，女人的眼睛驟然一閉。眼淚從長長的睫毛間垂落臉頰。

——她死了。

然後我走向庭院，用珍珠貝殼挖起了墓穴。珍珠貝殼是一種邊緣為巨大銳利圓弧的貝類。每當我掘起土壤，月光就照進貝殼裡閃閃發光。有濕潤土壤的氣味。我花了好些時間挖掘墓穴。將女人放了進去。然後將柔軟的土壤，輕輕蓋上去。每次灑土，珍珠貝裡頭就閃爍著月光。

我撿來了星星掉落的碎片，輕手輕腳放在土堆上。星星的碎片圓滾滾的。我想是因為它長時間從天空一路落下來，銳角都給磨平了的緣故。在我抱起碎片放到土堆上的時候，覺得自己的胸口和手臂都暖和了些。

我坐在青苔上。一邊想著要這樣等一百年過去，將雙手抱在胸前、眺望著圓圓的墓石。沒有多久，如同女人所說的，太陽打從東邊出來了。是巨大的紅色太陽。然後又如同女人所說的，太陽往西邊落下。仍是紅色、倏地落了下去。一天了，我算著。

沒多久之後，鮮紅的日頭又緩緩上升。然後又默默沉落。兩天了，我算著。

我就這樣一天兩天地算著，漸漸不知道見到的是第幾個紅色太陽。不管怎麼算、怎麼算，紅色太陽總是沒完沒了地從我頭上跨越。即使如此，仍未達百年。我終究忍不著眺望著生了青苔的圓石頭，心想自己該不會是被女人給騙了吧？

而後，石頭下伸出青綠的長莖、朝著我而來。不知不覺間已來到胸口的高度。沒想到，那搖曳的長莖頂端，一朵略略傾著頭的細長花苞，忽地張開了花瓣。香氣自那純白色的百合撲鼻而來、沁入肺腑。從遙遠的上方有露水滴答落下，花兒因為自己的重量而搖擺著。我伸長了脖子，吻了那滴著冰冷露水的白色花瓣。將臉從百合前移開的瞬間，猛然看向遙遠的天空，曉星閃了一閃。

「已經一百年了啊。」我這才恍然大悟。

第二夜

做了這樣的夢。

我從和尚的房間離開，穿過走廊回到自己的房間，行燈在房裡散發模糊的亮光。我單膝跪到了坐墊上調整燈芯，霎時那形如丁香的燭芯炭頭落到了朱漆台座上。房間也驟然明亮。

拉門上是蕪村的作品。黑色的柳樹濃淡有致、遠近分明，圖上有位似感天候寒涼的漁夫，斜拉著斗笠從堤防上走過。壁龕裡掛著渡海文殊的掛軸。燒剩的線香在陰暗處仍飄散出氣味。此寺廟規模寬闊，因而非常靜謐、彷彿杳無人跡。行燈的圓滾滾影子映照在黑色天花板上，每每抬頭仰望，總覺著那看起來像是有生命一般。

我仍單膝跪著，以左手掀起坐墊、右手伸進去看看，東西還在原處。既然在，我就安心了，將坐墊擺回原來的位置，穩穩當當坐下。

和尚曾說：「你是個武士。既然是個武士，沒有不能領悟的道理。」他還說：「像這樣幾天功夫都無法開悟，看來可不能說你是個武士哪。不過是個人類中的雜碎。」又笑言道：「哈哈，你生氣啦。要是你覺得不甘心，便拿出你悟道的證據過來吧。」語畢他便撇頭走人。實在太無禮！

隔壁那大房間的地板上放著一座時鐘，在它下一次敲響之前我就悟給你看看！開悟以後，我便會再次登堂入室。用你和尚的腦袋換取我所悟的道。不能悟道就無法取和尚的性命。非得要開悟不可。在下是個武士。

如果無法悟道，那麼我會拔刀自盡。武士受到屈辱，是不可苟活的。需得美麗死去。

正當我如此想著，手又不自覺地往坐墊下伸進去。同時拉出了一把朱紅色刀鞘的短刀。緊握刀柄，將刀身自紅色刀鞘抽出，冰冷的刀刃在黑暗房間中閃出一道光芒。感覺像是有什麼厲害的東西自我手邊咻咻地逸逃而去。於是我將一切心神都集中在刀尖上，把殺氣匯聚至那一點。在下忘我地將這銳利的刀刃看作針頭一般小，目光走向九寸五分長的短刀刀尖、凝視著那尖銳之處，忽地想猛然一刺。

全身的血液都往右手手腕流過去，緊握的刀柄也黏答答的。嘴唇打著顫。

我將短刀收回鞘中，放在右手邊之後便雙跏趺坐。「趙州曰『無』。何謂無？」這臭和尚！我不禁咬牙切齒地咒罵著。

由於我咬緊牙關，燥熱的氣息便從鼻腔噴出。太陽穴繃的隱隱作痛。眼睛也拼了命地睜得比平時大了一倍。

我看見了掛畫、看見了行燈、看見了榻榻米。還彷彿看見了和尚那光頭。甚至連他咧嘴放肆的嘲笑聲也能聽見。實在是個無禮的和尚。得把那頭從脖子上取下才是。我就悟給你看看！無、是無，我在口中念念有詞。明明就是無，卻有個線香的氣味。搞什麼，不過就是支香！

猛然握緊了拳頭，往自個兒的腦袋上沒了命似地砸。我咬緊了牙關、兩脅生汗、背脊像根棍棒直挺，膝蓋關節處卻忽然痛了起來。不禁想著，要是膝蓋斷了不知是什麼感受呢？但實在疼得很。好痛苦。就是沒有那個無。覺得似乎就要浮現的瞬間卻又疼起來，真令人生氣。要忘我。真是不甘心。淚水潸然而落。真想將自己的身體砸在巨石之上，讓自己的血肉都化為碎片。

即使如此，我仍隱忍下來、依舊坐定。壓抑著那盈滿我胸口、令人難以忍受的悲切。而那悲切的東西卻從下方頂起我全身的肌肉，焦急地想從毛孔往我的體外噴出，卻面臨走投無路四面楚歌般極為殘酷的狀態。

腦袋漸漸變得有些奇怪。不管是行燈、蕪村的畫、榻榻米、還是那牆上的擺飾架，看起來都變得若有似無、似無還有。但那無就是不出現。我看來不過就像是隨意坐在這兒一樣。忽地，隔壁房那時鐘叮地一聲響。

心中一凜，右手隨即搭在短刀上。時鐘叮地敲了第二聲。

第三夜

做了這樣的夢。

我背著將要六歲的孩子。那的確是我的孩子。但非常不可思議的是，不知何時起他的眼睛便已壞了，還新剃了個和尚頭。我問，你的眼睛是何時壞了的啊？他回道，怎麼，這很久以前的事兒啦。聲音聽起來的確是個孩子，但用詞遣字卻像個大人似地。對我的態度也如平輩。

兩旁是綠油油的稻田、道路十分狹窄。鷺鷥的身影時而從黑暗中閃過。

他在我背上說道：「經過田地啦。」

我試著將臉往背後轉，問道：「你怎麼知道？」

他回答：「鷺鷥不是正叫著嘛。」

此時鷺鷥果然叫了兩聲。

雖然是自己的孩子，我卻覺得有些害怕了起來。背著這傢伙，接下來不知道會發生什麼事。有沒有哪兒可以丟棄他呢？望向遠方，黑暗之中有一片偌大的森林。正當我想著那兒還行吧的瞬間，背後傳來了：「呵呵。」的聲音。

右堀田原
左日ケ窪

「你在笑什麼呢？」

孩子並沒有回我話。只是問我：

「父親，我重嗎？」

我回答：「怎麼會呢。」

他說：「會變重的。」

我默默地朝著森林走去。稻田之間的道路不規則地彎彎曲曲，就是無法好好走出去。隨後來到了分岔路。我站在路口，稍微休息一下。

孩子出聲說道：「這兒該有塊石頭吧。」

確實立有一個高至腰部的八寸寬石板。上頭寫著往左是日之窪、向右是堀田原。四下分明一片黑暗，赭紅的字體卻清晰可見。那字跡顏色紅的就像是蠑螈腹部一般。

那小鬼命令我：「走左邊好吧。」向左邊一看，方才那森林黑濛濛的影子，已經從高空中拋擲到我們的頭上。我有些猶豫。

小鬼頭又說了：「你毋須多心。」沒有辦法，我只好往森林方向邁步。正當我走在那通往森林的道路上，一邊內心想著他分明雙眼目盲，怎麼會什麼事情都知道呢？背上又傳來他說：「眼睛看不見真是不方便哪。」

「所以我背著你啊，這不就好了嘛。」

「讓你背著我也感到十分抱歉，但遭人當成傻子總是不好。就連父母親都會把自己當成傻子，實在糟糕。」

我不禁心生厭煩。想著還是早點到森林裡拋棄他吧，於是加快了腳步。

背上傳來像是自言自語的聲音：「再走過去一些就會明白。——正巧就是這樣的夜晚呢。」

我勉強擠出一絲聲音詢問：「什麼事呢？」

孩子嘲笑似地回答：「什麼事？你不是知道的嘛。」這時我也覺得，自己應該是知道些什麼的。但又無法確切地明白。不過的確應該就是這樣的夜晚。也不禁覺得再走過去一些便會明瞭了。弄清楚就糟糕了，所以還是得趁著不明不白之時趕緊拋棄他，這樣才能夠安下心來吧。我又加快了腳步。

從方才就開始在下雨。路途也越來越昏暗。

我卻只是專心一意走著。但背上那小小的小鬼頭緊抓不放，且那小鬼頭彷彿是面鏡子，閃閃發光地映照出我的過去、現在、與未來，絲毫不漏一點事實。而他是我的孩子。並且雙眼目盲。我愈發地無法忍受。

「就是這裡、就是這裡。正好就是這棵杉樹的樹根這兒。」

在雨中，小鬼頭的聲音清晰可聞。我不禁停下了腳步。不知何時我已進了森林。大概六尺遠處那黑色的東西，確實看起來就是小鬼頭所說的杉樹。

「父親，就是那杉樹的樹根那兒對吧。」

「唔，確實是呢。」我反射性地回了他話。

「那是文化五年，龍年對吧。」

想來確實應該是文化五年的龍年。

「你殺了我的時間，正好是現在倒算回去一百年呢。」

他話聲剛落，我腦中便忽然浮現起，正是從現在算起的一百年前，文化五年的龍年一個像這樣的黑暗夜晚，我在這棵杉樹的樹下，殺死一位盲人。就在我醒悟到自己是一個殺人兇手的瞬間，背上的孩子忽然重的像是地藏石像。

第四夜

在那寬闊土間的正中間，擺了張像是乘涼椅的東西，周圍還架了幾張小折凳。涼椅黑得發亮。一位老爺子前頭擺了個方形餐盤，坐在涼椅的一邊獨自喝著酒。那菜餚看來是些醬煮家常菜。

老爺子由於喝了酒，臉上愈發紅光滿面。而他的臉龐卻是光滑無比、連絲皺紋也找不著。不過倒是生了一把白鬍，因此能明白他肯定是位年長之人。畢竟我自己還是個孩子，內心不禁想著不知老爺子年紀多大呢？這時從屋子後頭汲水處拿了一小盆水回來的老闆娘，在圍裙上擦著手，問道：「老爺子多大年歲啦？」老爺子一口將嘴裡的菜肴吞下。

老爺子滿不在乎地說道：「年歲早忘啦。」老闆娘將擦乾的手插進了那窄窄的腰帶裡，站在老爺子一旁看著他。老爺子用茶碗那麼大的容器將酒一仰而盡，然後從那白鬍之間吐出長長的一口氣。老闆娘便問道：「老爺子家住哪兒呀？」

老爺子沒把那口氣吐完，便回道：「肚臍的裡頭哪。」

老闆娘的手依然插在腰帶之間，又問道：「要去哪兒呢？」

老爺子便又用那茶碗大的容器將熱酒一仰而盡、像方才那樣吐了一口長氣，說道：「要去那兒呀。」

「往前直走嗎？」老闆娘這麼問的時候，老爺子呼出的那口氣，已經穿過了拉門、自柳樹下經過，往河岸的方向直直走去。

老爺子已走出門外。我也跟在後頭出去了。老爺子腰上掛了個小小的葫蘆。肩上則掛了個方形的箱子夾在脅下。他穿著一條淡黃色的日常綁帶褲、以及淡黃色的背心。只有足袋是鮮明的黃色。看起來像是用皮料做的足袋。

老爺子直直走到了柳樹下。柳樹下有三、四個孩子。老爺子笑著從腰頭抽出了淺黃色的手巾，將它搓成彷佛捻紙繩一般細長。接著又將手巾放在地面上作為中心，在手帕周圍畫出一個大大的圓。然後他從肩上掛的那箱子裡，拿出了賣糖人用的那種黃銅笛子。

「這手帕就要變成蛇啦、看著啊。要好好看著啊。」他嘴裡重複著這些話。

孩子們拼了命地看著手帕。我也看著那手帕。

「看著啊、看著啊、都來了嗎。」老爺子一邊說著並吹起了黃銅笛子，開始在圓圈圈上頭打轉。我只顧著看那手帕，但手帕卻是一動也不動。

老爺子嗶嗶嗶地吹著黃銅笛子。在圓圈上不斷繞著圈子。他踮起了草鞋、躡手躡腳彷佛怕驚擾到手帕似地轉著圈圈。看起來有些令人害怕。又讓人覺得挺有趣的。

一會兒，老爺子驟然停下吹奏。直接打開肩上那箱子的開口，手一捏那條手帕的頸子便丟進了箱子裡。

「這樣放著，就會在箱裡變成蛇。我就讓你們看、就讓你們看看。」老爺子口裡這麼說，又直直地往前走。他過了柳樹下，往那細窄的道路直直走下去。我想看蛇，所以一直追著他往那狹窄道路走去。老爺子不時說著「就要變啦」、「要變成蛇啦」仍不斷走著。

「就是現在、就要成蛇、
一定會變、笛聲鳴響、」

他口裡唱著這樣的曲兒，終於走到了河岸邊。這裡沒有橋也沒有小船，因此我想他是要在此處休息，讓我看看箱子裡的蛇吧，沒想到老爺子嘩啦嘩啦地便往河裡走。一開始水深不過及膝，接著便往腰、甚至還淹到胸口以上。即使如此，老爺子還是唱著：

「要變深啦、要入夜啦、
要變直直啦」

繼續一路直直走。最後連他的鬍鬚、臉、頭和頭巾都看不見了。

我想著老爺子從對面上岸的時候，應該就會讓我看看那條蛇了吧，因此獨自站在沙沙作響的蘆葦叢中，一直等待著。但是老爺子最終仍然沒有上來。

第五夜

做了這樣的夢。

那是非常古老的時代，我想應該是接近神話時代的上古之事。我在戰爭之中運氣不好打了敗仗，因此遭對方生擒，被押送至敵方大將面前。

那個時候的人，大家都很高大、並且生著長鬚。身上綁著皮腰帶，吊掛著形如棍棒的劍。弓則看起來像是直接使用較粗的藤蔓。既沒上漆、也沒打磨，是非常樸素的樣子。

敵方的大將以右手握著弓的正中間，將那把弓插在草上，坐在一個像是將酒甕倒過來放的東西上。看看他的面貌，鼻子上方是條左右相連的粗眉毛。那個時候當然沒有理髮修眉這種概念。

畢竟我是個俘虜，自然是沒有座位。我就盤坐在草上，腳上穿著大大的草鞋。這個時代的草鞋鞋筒很高，站起來的時候高到膝頭。邊緣處留下一些稻草沒有編起，就像流蘇般垂下，走動的時候會窸窸窣窣晃動，就當成是裝飾。

大將在篝火中看著我的臉，問我要死還是要活。這是那個時候的習慣，一定會這樣問一問俘虜的。要活就表示願意投降、要死就是不願屈服。我只答了句願死。大將把他插在草上的弓丟到一邊，倏地抽出那形如棍棒掛在腰上的劍。微風拂過篝火吹往那劍上。我將右手張開如楓葉，手心朝向那位大將、高舉過目。這是請他等一等的意思。大將喀噠一聲將粗劍收回鞘中。

那個時候也有所謂的戀愛。我表示自己死前想見心愛女人一面。大將則說可以等到破曉雞啼之時。我必須在雞鳴之前將女人叫來此處。若是雞已啼叫而女人尚未到此，我便會在沒見著她前死去。

大將仍穩穩坐著眺望篝火。我依舊盤著套有大草鞋的雙腿，在草上等待著女人。夜越來越深了。

偶爾，篝火裡會傳出柴枝燒斷而崩落的聲音。每當柴薪崩落，火焰就好似一陣慌亂地朝大將靠了過去。在那濃黑的眉毛之下，大將的雙目閃閃發光。於是便會有人過來將大量的柴薪給拋進火中。沒多久火焰又啪滋啪滋作響。那是種能夠驅散黑暗的勇猛聲響。

此時女人已拉出繫在後頭橡樹上的白馬。輕撫三次馬鬃以後，她縱身到那高聳馬背上。沒有馬鞍也沒有馬蹬，就這樣直接騎著馬。她那長且白皙的腿一踢馬腹，馬兒便一溜煙竄了出去。由於有人將篝火的柴薪添滿，因此遠方也能見到天際有些許光亮。馬兒便以這光線作為目標，在黑暗中奔來。馬兒從鼻中噴出如火柱般的兩道鼻息飛奔而來。女人仍用她纖細的腿不斷踢著馬腹。馬兒飛快地往此地奔來，蹄聲彷彿是在空中迴響。女人的頭髮像幡旗一般在黑暗中拖著長尾。即使如此，她還沒有抵達篝火所在之處。

就在此時，黑暗的道路旁忽然冒出咕咕叫的雞鳴。女人仰起了身子，拉住了兩手緊握的轠繩。馬兒的前腳彷彿箭矢般用力踏進了堅硬的岩石。

咕咕，又是一聲雞鳴。

女人啊了一聲，鬆開了緊握的轠繩。馬兒雙膝一軟，和背上的人兒一同往正前方倒下。岩石之下是個深淵。

馬蹄的痕跡現在也還留在那岩石上。模仿雞隻鳴叫的是天探女。在這岩石上刻劃的馬蹄痕跡消失以前，我永遠與天探女勢不兩立。

第六夜

聽聞運慶正在護國寺的山門雕刻仁王，因此我便散步過去看看，那兒早已有大批人等聚集，七嘴八舌議論不休。

在距離山門約三十來尺之處，有棵高大的赤松，樹幹斜斜掩過屋脊，直往那遙遠青空伸展。松樹的綠意與那上了朱漆的山門相互映照，實在美不勝收。且那松樹位置絕佳，就像是為了不妨礙山門左端風景而斜斜的伸去，越往上越是寬闊、高過了那屋頂，總令人覺得帶著古典氣息。約末就是鐮倉時代的感覺。

不過看著這片景色的，大家都與我同為明治時代之人。當中最多的就是車夫了。肯定是等客人的時間太過無聊，所以才站在這兒。

有人說：「挺大的哪。」。

也有人說：「這可比雕人像來的費功夫吧。」

我想著確實是呢。便聽見有個男人言道：「喔？是仁王哪。怎麼現在還有雕仁王的嗎？老子還以為仁王盡是些老東西呢。」

有個男人向我搭話：「看起來挺強的呢。不過也是當然啦。自古以來提到誰最強，可說是沒人能強過仁王的哪。再怎麼說，仁王可是比日本武尊還要強的哪。」這男人的和服後襬往上紮進腰帶裡、也沒戴帽子。怎麼看都像是個沒受過教育的男人。

運慶毫不在意那些湊熱鬧人群的三言兩語，仍揮動著鑿子與槌，始終沒有回頭。他搭在高處持續雕琢著，刻劃出仁王的臉部一帶。

運慶頭上擺了個類似烏帽子的東西、穿的像是素袍還是什麼我並不清楚，那寬大的衣袖都給綁到了背後。樣子看上去便十足舊時代風貌，與吵吵鬧鬧的圍觀者們一點兒也不搭調。我想著，怎麼運慶現在還活著呢？一邊覺得這真是件不可思議的事情，卻仍站在那兒觀看。

運

但是運慶看似並未感受到任何怪異或者奇妙之處，只是拼命雕刻著。仰頭眺望著他那態度的一位年輕男人回頭看向了我，讚嘆道：

「真不愧是運慶哪。根本不把我們放在眼裡。態度簡直就像是天下英雄唯我與仁王爾哪。了不起！」

我覺得這話挺是有趣。因此稍微看了看那年輕男人，他便趁此說道：

「你看看他使鑿槌的樣子。那已經達到出神入化的境界啦。」

運慶正在將那粗眉往橫雕出一寸高，不斷將鑿子豎起又倒下、變換方向，自上頭不斷揮著槌子。他一點一滴刻劃那堅硬的木頭，看上去不過就是厚厚的木片隨著槌子的聲響飛落，但那精巧而鼻翼大張、帶著怒意的鼻頭側面卻浮現了出來。他下刀的方式毫無顧忌。我看著也不禁覺得心中浮現起些許疑惑。

由於太過感動，我便自言自語了起來：「那樣看似隨與使鑿，還真能雕出心中所想的眉與鼻呢。」

此時剛才的年輕男人說：「才不呢，那並不是用鑿子打造出眉毛與鼻子呀。是那眉毛與鼻子原先就埋藏在木頭當中，只不過是用鑿子與槌子的力量將它們給挖掘出來。就像是從土壤裡把石子挖出來一樣，是不會有錯的。」

此時我才恍然大悟，雕刻就是這麼一回事哪。若果真如此，那麼想必任誰都能夠辦得到。因此我忽然自己也想雕個仁王，便不再觀看、連忙趕回家。

我從工具箱中取出鑿子與鐵槌，到屋後一看，先前由於暴風雨而倒下的櫟木，原先是打算拿來當成柴薪，已經請木工劈成適當大小，因此堆了許多尺寸正好的木材在那兒。

我選了最大的一塊，氣勢十足地開始雕了起來，但非常不幸地並未找到仁王。接下來那塊也運氣不好，並沒挖掘成功。第三塊仍然不見仁王蹤影。我將堆在那兒的柴薪一塊接著一塊都給試著雕過，但都沒藏有仁王。我終於明白，明治時代的木材當中，畢竟還是沒有埋藏仁王。同時也就約莫能夠理解，為何運慶到今日仍活著的理由。

第七夜

不知為何身在大船上。

這船每日每夜永不止息地吐著黑煙破浪前進。那是非常驚人的聲響。但卻不曉得它要往哪裡去。不過，如同滾燙火筷般的太陽會從波浪之下升起。當它來到高高帆柱正上方，會讓人好一會兒以為是掛在那上頭，但曾幾何時又追過這大船往前方去了。就這樣，沒多久之後又帶著滾燙火筷般的色彩沉到波浪底下。此時湛藍波浪遙遠的那頭，會沸騰著帶點黑的紅色。而大船繼續伴隨驚人聲響追逐那蹤跡。但就是追不到。

我曾經抓住船員，問他：

「這船是往西方嗎？」

船員一臉詫異，看了我好一會兒。才終於回問：「為何。」

「因為像是追著落日一樣。」

船員呵呵的笑著，然後就走到另一頭去了。

「往西方去的太陽，盡頭是東方嗎。亦或正中間。從東方出來的太陽，故鄉是在西邊嗎。亦或正中間。身在波上；枕船而眠；流啊流吧。」他高聲唱著。看往船頭，水手們聚集在一起，正拉著粗壯的帆繩。

我變得很不安。不知道何時才能夠登陸。並且連要往哪裡去都不曉得。只能確定船隻的確吐著黑煙破浪前進。而那些波浪實在是非常的寬廣。放眼望去盡是一片蒼藍。有時候還會變成紫色的。不過船在移動的時候，周圍總是浮出白色的泡沫。我變得非常不安。想著與其在這樣的船上，還不如乾脆的死去。

共乘者非常多。大抵上都是外國人的樣子。但卻有著各式各樣的臉龐。天空變得陰暗、船身開始搖搖晃晃時，一名女子倚著欄杆，哭了好一陣子。擦拭著眼睛的手帕看上去是白色的。而她身上穿著印花布料的洋裝。看著這女子，我明白悲傷的不只自己。

一晚，我上了甲板，獨自眺望著星星，一名外國人靠過來，問我是否懂得天文學。我甚至想著太無趣了不如死去。沒有了解天文學的必要。我沉默著。於是那外國人告訴我關於金牛座頂上七星的故事。還說星星與海洋都是神打造的東西。最後還問我信神嗎。我看著天空沉默不語。

也曾進到沙龍裡，看見穿著華貴衣裳的年輕女子彈著鋼琴，身旁站了個高大英挺的男人唱著歌。他的嘴看起來非常大。但兩人似乎都不在意他們身外的事情。就像是甚至忘了自己身在船上一樣。

我越來越覺得無趣。終於下定決心一死。於是有一晚，在附近沒有人的時候，一轉念就跳往海中。但是——在腳離開甲板的那瞬間、與船切斷緣分的那時，忽然珍惜起性命來。心底想著早知道就算了。但已經太晚了。就算再不情願我也得進到海裡了。我看著高高的船身，雖然自己的身體逐漸遠離船體，腳卻也沒那麼容易進到水中。但沒有可以抓住的東西，漸漸地還是接近水面。就算把腳縮起來也已來到水上。水是黑色的。

而在這會兒，船仍然吐著黑煙通過了。我終於明白，就算是不知道要往何處去的船，還是應該待在上面比較好的。但就算我有了這體悟也已無用，只能懷抱著無限的後悔與恐懼，靜靜落往黑色的波浪。

第八夜

剛跨過剃頭店的門檻，就有三四個穿著白色和服等在那兒的人，一起喊了聲歡迎光臨。

我站在屋子正中間四下張望，這是個方形的房間。兩面開了窗戶，另兩面則掛著鏡子。數一數鏡子總共有六面。

我走到其中一面鏡前坐下，隨即聽得臀下傳來咕嘟下沉聲響。這實在是坐起來十分舒適的一把椅子。鏡子當中清晰映現出自己的臉龐。臉部後方有窗戶，同時斜斜的能看見帳房的低矮格子屏風。格子後並沒有人。窗外能清楚看見過往迎來之人的腰部以上。

庄太郎帶著女人經過。他不知何時買了頂巴拿馬帽戴著。女人也是不知他何時交往來的。我不太清楚。兩人看起來都非常快意。正當我想仔細看看女人的面孔時，他們便已經走過。

賣豆腐的吹著喇叭經過。他將喇叭堵在嘴上，兩頰彷彿被蜜蜂螫過一般脹大。他就這樣鼓鼓地通過窗口，令人不得不在意。不禁覺得他也許一輩子都被蜜蜂螫。

出現了藝妓。還沒化上妝容。島田髻的底部有些鬆掉，看來似乎沒綁緊在頭上。容貌也一臉睡眼惺忪、臉色糟到令人心疼。她似乎行了禮、說著受您關照之類的，但對方始終沒有出現在鏡子當中。

此時，身穿白色和服的高大男子來到我的後面，拿著剪刀與髮梳打量著我的頭。我捻了捻自己稀疏的鬍子，問道：「如何？能有個樣子嗎？」白衣男子不發一語，只用手上的琥珀色髮梳輕輕敲了敲我的頭。

「哎呀，就是這樣的頭啦，如何？能有個樣子嗎？」我問著白衣男子。他仍然不做任何回答，只是開始喀嚓喀嚓地剪了起來。

我原先打算逐一看看映照在鏡中的身影而睜著眼睛，但每當剪刀喀嚓一聲便有黑色毛髮飛來，我害怕了起來，便將眼睛給閉上。此時白衣男子卻說：

「老闆見過門外賣金魚的沒有？」

我告知自己並未見過。白衣男子只說了這句話以後，依然喀嚓使著剪刀。耳邊忽然傳來有人大喊著危險。

我驚愕地睜開眼睛，看見白衣男子袖子底下有腳踏車的車輪。還看見了人力車前方的拉車用把手。說時遲、那時快，白衣男子用兩手將我的頭壓著轉向了一旁。我幾乎完全看不見腳踏車和人力車，只聽見剪刀喀嚓喀嚓響。

一會兒，白衣男子繞到我的旁邊，開始剃起了耳朵那兒。因為毛髮不再飛到我眼前，我便安心地睜開眼睛。有個喊著「粟餅呀、年糕啊、年糕！」的聲音近在耳邊。聽來正用小小的杵向臼裡敲，非常有節奏地搗著年糕。我只在小時候見過賣年糕的，因此實在有些想看看。但賣年糕的卻始終沒出現在鏡子當中，只能聽見有搗年糕的聲音。

我盡可能費最大力氣看向鏡子的角落。結果不知何時，那帳房的格子屏風後已經坐了個女人。那身材高大的女人膚色略深、眉毛甚濃，頭髮結了個銀杏髻、裸穿了件有黑色緞子襯領的帶裡和服，單膝豎起坐在那兒算錢。

她手上拿的看起來是十元鈔票。女人垂著長長的睫毛、緊閉薄唇拼了命地點著鈔票，數得實在非常快。但鈔票的數量似乎怎麼點也沒完沒了。放在她膝頭上的那落鈔票看起來約莫是一百張左右，不管她再怎麼數，也就是那一百張。

我茫然地凝視著女人的臉龐與十元鈔票。此時耳邊傳來白衣男子大聲地說：「洗頭吧。」時機正好，我便從椅子上起了身、順勢轉過去看向帳房屏風那兒。但屏風後頭卻不見女人、也沒有鈔票之類的東西。

我付了錢走到外面，門口左側排著五個長橢圓狀如小判的桶子，當中有許多紅色的金魚、有花紋的金魚、纖瘦的金魚和豐滿的金魚。而賣金魚的就在桶子後方。那賣金魚的就這樣盯著自己面前整排的金魚、撐著臉頰一動也不動，絲毫不在意街道上熙攘往來。我站在那兒盯著這賣金魚的看了好一會兒。但在我看著他的這段時間裡，這賣金魚的仍是一動也不動。

第九夜

世間變得嘈雜不已，看起來就快要發生戰爭了。感覺就像是有住處被燒掉、且沒披上馬鞍的馬兒，不分晝夜在大屋周遭吵鬧狂奔，於是有群差役也不分晝夜地群起追逐著牠們。然而屋子裡卻寂靜地彷彿在森林當中。

屋子裡有個年輕母親與三歲孩子。父親不知去向。他在沒有月亮的半夜離開，不知去了何處。那時他坐在地上穿好草鞋、包起黑色頭巾，從灶間的後門離開了。母親拿的燭臺在深沉黑暗中射出一縷細長光線，照著矮樹籬前的那棵古老檜木。

父親在那以後便沒回來。母親每天都問三歲的孩子「父親呢？」孩子什麼也沒說。不久以後，孩子能回答「那邊」。即使母親問孩子「何時回來呢？」，孩子仍舊笑著回「那邊」。母親也笑了出來。於是她不斷教孩子「馬上回來了」這句話。但孩子只記得「馬上」兩字。有時問孩子「父親在哪兒呢？」孩子也會回答「馬上」。

到了夜晚，四周也變的一片寂靜，母親便綁好腰帶、將鮫魚皮製刀鞘的短刀插在腰間，把孩子用細布條綁在背後背好，悄悄地出門。母親總是穿著草鞋。孩子有時聽著這草鞋的聲音，便在母親的背上睡著了。

沿著連綿土牆的成排武士住屋向西行，走到那平緩坡道的最下方，有棵高大的銀杏。在這銀杏向右轉，大約一町遠處有個石製的鳥居。兩旁一邊是田地、另一邊則是山白竹，走到鳥居下穿了過去，便是一片黑暗的杉林。踏過一百二十尺的石板路來到盡頭，便是那古老拜殿階梯之下。那幾經刷洗已成灰色的香油錢箱子上方，以繩子垂掛著巨大的鈴鐺。若是在白天，能看見那鈴鐺兩旁懸掛了寫著八幡宮的匾額。那個八字寫得就像是兩隻鴿子面對面一般，非常有趣。除此之外還有許多不同的匾額。大多是一些武士射中的標靶、並附上射中此物之人名姓的東西。當中也有一些供奉用的太刀。

穿過鳥居，總有鴉兒在杉樹樹梢上鳴叫。那粗糙草鞋也啪噠啪噠響著。聲音在拜殿前停了下來，母親先敲響了鈴鐺，隨即蹲下一拍手。這時鴉兒總是忽然不叫了。然後母親會一心一意祈求丈夫平安無事。母親認為既然丈夫是武士，那麼前來弓箭之神八幡神之處，來祈求這種合情合理的願望，想來神明也不至於不予理會。她是如此深信不疑。

孩子常因為這時的鈴鐺聲響醒來，四下張望是一片黑暗，有時便會在母親背上忽地哭了起來。這時母親便會口中喃喃訴說著祈禱，同時搖著背後的孩子安慰他。有時候孩子也真就不哭了。但有時卻會哭得更加厲害。無論如何，母親絕不輕易起身。

為丈夫的平安祈求過一遍之後，母親鬆開了細布條，將背上的孩子放了下來、轉到正面，雙手抱著孩子上了拜殿的階梯，一邊將以自己的臉頰蹭著孩子的，一邊說著：「好孩子乖，一會兒就好，你要等著啊。」然後她抽出了細布條，將孩子綁好以後放下、另一端則繫在拜殿的欄杆上。接著便一層層步下階梯、再次穿過那一百二十尺的石板路，開始往來行走攀爬階梯、做起了御百度祈願。

被繫在拜殿的孩子，身處黑暗當中那廣闊的走廊上，在細布條的長度限制內爬過來又爬過去。此時對於母親來說，算是相當輕鬆的夜晚。但若是繫在那兒的孩子嗚嗚地哭了起來，那麼母親便無法專注。她會加快祈願的腳步，因此喘不過氣來。真拿孩子沒辦法的時候，她會在中途上到拜殿來，好好安慰孩子、再次放下以後，重新算起一百次來回。

如此讓母親屢屢放心不下、擔心到夜不成眠的父親，早在許久以前便已經因浪士身分而遭到殺害。

如此悲傷的故事，我是在夢中聽母親說的。

第十夜

阿健來告訴我，庄太郎在他被女人擄走的第七天晚上，步伐踉蹌地回來，忽然發了高燒、猛地倒在床上。

庄太郎是鎮上數一數二的好漢子，是個極端善良又誠實的人。不過他有個興趣。就是戴著巴拿馬帽、到了傍晚便坐在水果店門口，張望著往來女子的臉龐。同時表達自己的感佩。除此之外就沒有什麼特別的了。

沒什麼女人經過的時候，他就不看大馬路那兒，轉而看著水果。這兒有各式各樣的水果。水蜜桃、蘋果、枇杷、香蕉等鮮豔盛裝在籃子裡排了有兩排，讓人能夠買了馬上提去拜訪他人。庄太郎看著這些籃子說著真漂亮哪。還說什麼要做生意的話，只能賣水果哪。但他自己卻頂著巴拿馬帽遊手好閒。

他還會說什麼這顏色真棒哪，對著夏季蜜柑品頭論足。但是，他從不曾拿出錢來買水果。不過當然也沒有吃。他只是稱讚著它們的顏色。

某天傍晚，忽地有個女人站在店頭。看起來是頗有身分地位之人，身上的服裝挺氣派。庄太郎非常喜歡那和服的色調，並且對於那女人的容貌更是讚嘆不已。他特地摘下自己重要的巴拿馬帽、客客氣氣地向對方打招呼。女人便指著最大的籃子說：「請給我這個。」庄太郎立刻取了籃子交給對方。女人稍微試著提了提那籃子，說著好重哪。

庄太郎原先就無所事事，又是個為人爽快的男子，便說那麼我幫您提回家吧，和女人一起離開了水果店。之後便不見他的蹤影。

就算是庄太郎，這次也實在太過隨興了。親戚和朋友們議論起恐怕已經出事，到了第七天的晚上，他卻踉踉蹌蹌回來了。大家一擁而上，詢問阿庄是去了哪兒呀？庄太郎說是搭電車去了山上。

那肯定是非常長途的電車了。根據庄太郎的說法，似乎下了電車便來到一片草原。那是非常廣闊的草原，放眼望去都是青草地。他和女人一起走在草原上，忽然來到一個懸崖邊，女人對他說：「請您從這兒跳下去吧。」他探出去看了看，雖然能看到對岸卻見不著谷底。庄太郎又摘下那巴拿馬帽，再三辭退此事。結果女人說，若是您不能下定決心跳下去的話，那麼就是要讓豬舔你了，這樣行嗎？庄太郎最是討厭豬和雲右衛門，但畢竟小命就這麼一條，因此還是對於跳下去一事敬謝不敏。但一隻豬已經抽著鼻子呼呼地逼近。庄太郎無法可想，只好舉起他帶著的檳榔樹拐杖敲打豬鼻子。豬隻咕嘟一聲、咚地翻了個身跌下懸崖。庄太郎鬆了一口氣，但又有一隻豬走近、用大大的鼻子蹭往庄太郎。庄太郎無可奈何再次揮動拐杖。那豬仍然咕嘟一聲頭下腳上墜往洞底。

結果又一隻出現了。此時庄太郎才忽然發現，放眼望去那無邊無際的青草地上有幾萬多隻豬隻，並未群聚在一起，反而排成一直線、吸著鼻子朝站在懸崖邊緣的庄太郎而來。庄太郎打從心底感到惶恐。但畢竟沒有其他辦法，因此他只能仔仔細細用他那檳榔樹的拐杖，一個個打靠過來的豬鼻子。很不可思議的是，拐杖只要碰到牠們的鼻子，那些豬就會直接滾落谷底。探頭一看，那深不見底的懸崖峭壁上，有頭下腳上的豬隻排成一列往下墜落。一想到自己已經讓如此多豬隻墜往谷底，庄太郎不禁害怕起自己。但豬還是不斷向前逼來。彷彿生了腳的黑雲一般、帶著踩平青草的氣勢，沒完沒了地呼呼叫著。

庄太郎拼死擠出勇氣，接連七天六夜打著豬鼻子。但他最後終於精疲力盡，手就像蒟蒻一樣軟綿綿，終於還是被豬舔到了，就這樣昏倒在懸崖邊。

庄太郎的事情，阿健就說到這兒，接著說：「所以太常看女人還是不好哪。」我也這麼認為。不過，阿健說他想去要庄太郎那頂巴拿馬帽。

庄太郎看來是沒救了。我想巴拿馬帽會成為阿健的東西。

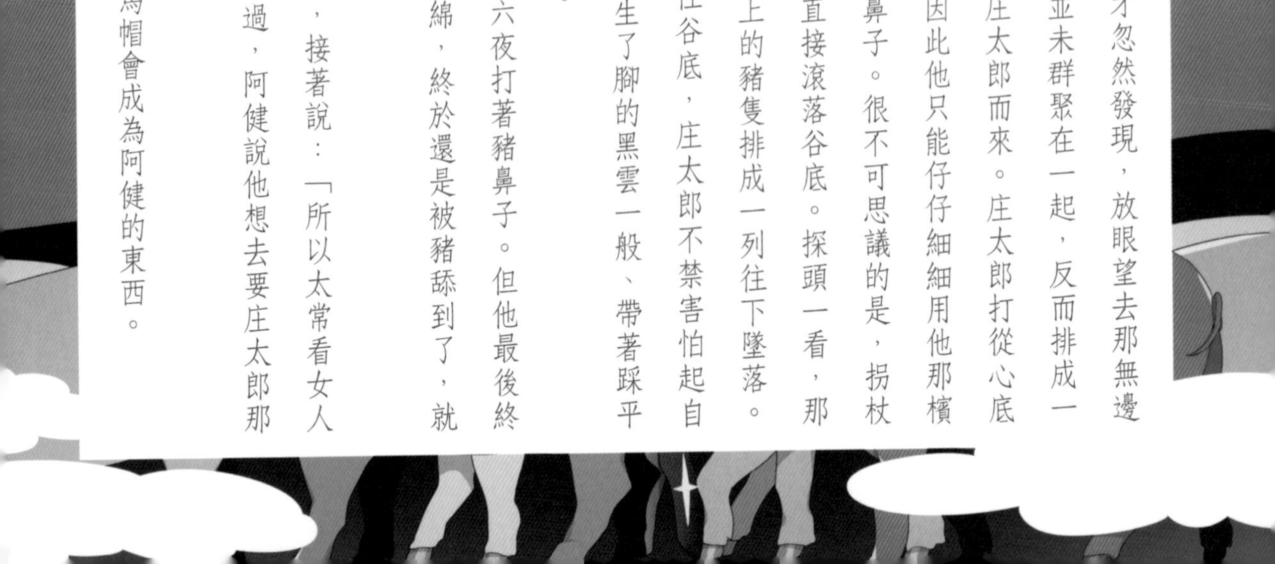

＊本書之中，雖然包含以今日觀點而言恐為歧視用語或不適切的表現方式，但考慮到原著的歷史背景，予以原貌呈現。

譯註

第1頁

夢十夜在「朝日新聞」上以連載的方式呈現，一天連載一夜故事。

第10頁

【行燈】行燈為日本江戶時代非常普及的照明工具。以往的光源是直接將油類倒在盤中，放上棉線做為燈芯使用，稱為火皿，並不會以東西覆蓋。行燈則在火源之外以竹、木、或金屬做成框架，包裹紙張或布料將火源側面包起，使火源不易因風熄滅。現代作為裝飾用途的行燈則多在當中架設燈泡，不再使用火源。

【蕪村】與謝蕪村（1716—1784），為日本江戶時代中期的俳人、畫家。畫作大多為水墨。

【渡海文殊】渡海文殊為日本佛教美術當中非常有名的作品類型。內容為海上的文殊菩薩。作品除了畫軸以外也有雕刻等。

【穩當地坐下】此處所謂的坐下是指日本的「正座」，也就是跪坐。因此後文當中主角可以坐著不動卻把手伸到坐墊下。

第12頁

【登堂入室】在禪宗裡，進入宗師的房間代表考試。

【九寸五分】短刀的長度，換算公制約為29公分。

第13頁

【雙跏趺坐】禪宗的打坐方式，為兩腳交疊盤坐、兩足交疊置於兩股上的姿勢。又稱蓮花坐。

【趙州曰無】與唐代的趙州從諗禪師相關之禪宗公案。版本眾多，節錄趙州禪師語錄如下：

問：「狗子還有佛性也無？」師云：「無。」學云：「上至諸佛，下至螘子，皆有佛性；狗子為什麼無？」師云：「為伊有業識性在。」

第14頁

【牆上的擺飾架】（違棚）日式房屋中，床之間旁邊兩段式的壁架，通常會放小型裝飾品。

第18頁

【八寸寬的石板】（八寸角の石）八寸約為24公分，是日本常見的墓碑及木板尺寸。

第20頁

【六尺遠】（一間）日文單位中一間大約是六尺（等同台尺）。換算成公制大約是180公分。

【文化五年龍年】（文化五年辰年）西元1808年。夏目漱石是在1908年發表夢十夜這部作品。

【地藏石像】（石地藏）石製的地藏菩薩，日本多將石地藏擺放在路旁。為孩童的保護神。

第22頁

【土間】日式房屋玄關附近沒有裝潢而直接露出地面的部分。

【乘涼椅】（涼み台）夏季時擺在屋邊或河邊供人乘涼休息用的座椅。

【小折凳】（床几）一種用木條作為骨架，打開時張開一塊布料形成座椅的行動式座椅。【汲水處】（筧）日式庭院中用來裝水的裝飾性取水口。通常使用切為斜口的竹子。

第23頁

【日常綁帶褲】（股引）日本舊時一種合身、長度到腳踝，可作為內褲穿著的褲子。褲頭使用綁帶。現代較為常見的是只到膝蓋長度的短褲版，在祭典中抬神轎的人會穿著這種褲子。

【足袋】日式的襪子，只在大拇指與食指間縫合，搭配草履或木屐穿著。

第24頁

【捻紙繩】（肝心絢）將和紙切成細長形狀以後，把兩條紙搓成一條，然後再兩條搓成一條（合計四張和紙）或維持兩條做成的一條繩子。

【賣糖人的黃銅笛子】「唐人飴売り」是日本自江戶後期到明治時一種在市內挑擔販賣水飴（麥芽糖）、糖果或者畫糖的流動攤販商人。通常身著異國服裝的唐裝（也就是中國服裝），為了吸引路人目光而在街上進行一些表演。最具代表性的就是使用「唐人笛（チャルメラ）」的表演，這是一種黃銅製的樂器，在中國的名稱為哨吶。

第28頁

【神話時代】（神代）書寫日本神話的「日本書紀」及「古事記」兩本書當中，記載開天闢地至第一任天皇神武天皇為止的時間稱為神代。以歷史學來說，大約是彌生時代（西元前4世紀~西元後3世紀）的晚期。

第32頁

【天探女】日本神話中的女神，又稱為天佐具賣。在神話當中原先是能探知神明想法及人心的女性，卻教唆神明作惡，因此被視為不祥的象徵。日後演化為天邪鬼的原型。天邪鬼在民間傳說中則是專門對人惡作劇的惡鬼。

第34頁

【運慶】平安末期、鎌倉初期的佛像雕刻師，主要活動範圍為奈良縣、大多作品在興福寺。實際生歿年不詳，只能從應該是他長子的湛慶來判斷存活年代。日本各地有大量仁王像被指稱為運慶作品，但有實際證據（銘刻、文件等）證明者非常少。

【護國寺】位於東京都文京區（池袋）的寺廟。運慶的據點為奈良，但漱石住在東京都的早稻田一帶，因此夢中的地點是能夠從自家散步走到的護國寺。

【山門】由中間大門及左右兩個小門構成的一道寺廟大門，又叫三門。

【仁王】佛教的護法神，一般又叫金剛力士。在日本常見於寺廟大門左右各一尊，分別是「阿」與「吽」。奈良縣東大寺高達八公尺的仁王在拆解修復時找到仁王像中的文件，確認為運慶、快慶、定覺、湛慶等人率領眾多小佛師共同完成的作品。

第35頁

【日本武尊】日本神話中的人物，又名倭建命。記載中他是個力氣非常大的美少年，並且有許多他各種冒險犯難的故事。第12代景行天皇之子，由於英年早逝因此並未繼承皇位，但兒子為14代仲哀天皇。

【沒戴帽子】明治4年日本政府下達「斷髮令」，要求人民將頭髮剪成像西方人的髮型。人民雖遵從法令卻因此感到不習慣、羞恥及頭頂發冷等，導致帽子開始大為流行。帽子普及率最高曾經達到九成。由於此政令剛開始只有都市當中及針對有身分地位者執行的比較嚴格，因此沒有帽子的可能是鄉下人、身分較低者。另外前文所提「和服後襬往上紮進腰帶裡」通常也是勞工階層（如小説中提到的車夫）為求工作方便而作的打扮。

第３６頁

【烏帽子】日本平安時期至近代的一種黑色禮帽。形狀與中國的烏紗帽類似。

【素袍】一種麻紗製作、繡有家紋的和服。原先是平民的普通服裝、日後演變為武士的日常服裝，江戶時代則為武士的禮服。與前文的烏帽子同屬明治時代以前的人才會穿著的服裝。

【綁到背後】由於和服的袖子通常有一定寬度，因此日本人習慣勞動的時候會用一條繩子將袖子綁起來，以利作業。在現代祭典中扛轎者也經常會綁起。

第４２頁

【火筷】前端為金屬、握把處為木製的筷子，用來夾取燒火用的炭塊。

第５０頁

【島田髷】日本較古時的流行髮型，通常是年輕女性或者藝妓會梳的頭。

第５１頁

【粟餅】小米做的年糕，可做為口糧或者零食。

【銀杏髷】將綁高的髮束分成左右兩束各做成一個圈後，把髮尾綁在一起的髮髻。為江戶末期到明治初期１２～２０歲左右女性的主要髮型，明治中期以後由於此髮型簡單易綁，因此成為少女至中年女性平日的髮型。

【裸穿了件有黑色緞子襯領的帶裡和服】（黑繻子の半襟の掛かった素袷）日本人穿和服時通常會先穿上「襦袢」當成內衣，素衣就表示沒有穿那層內衣而直接穿外衣。相較於此，「袷」為有內裡（等於兩層）的和服，「単衣」則是一層無內裡。由於有些和服本身並不好清洗，因此除了內衣以外還會有一層襯領固定在和服內。襯領易於拆下清洗，後來也發展為有各種顏色及花樣（後期還有蕾絲款式等），成為女性和服的可變化裝飾品之一。

第５３頁

【狀如小判】（小判なり）小判為江戶時代流通的金幣，長橢圓形，因此在日本會把長橢圓形叫做小判形。

第５６頁

【差使】（足軽）平安至江戶時期的一種步兵，晚期沒有戰爭的時候，他們就像衙門裡的捕快，負責當地的治安事宜。

第５８頁

【鮫魚皮製刀鞘的短刀】（鮫鞘の短刀）日文中一般鮫是指鯊魚，但其實拿來製作成刀鞘的是被稱為真鮫的魟魚。短刀一般指一尺（約３０公分）以下的刀，攜帶方便、可近距離攻擊，通常也會給女性或孩童做為防身之用，稱為守護刀。

【一町遠】（一丁ばかり）町為日本從前使用的單位，一町長度約１０９公尺。

【鳥居】日本神社建築，象徵連接人世與神明居所的大門。

【八幡宮】主神為八幡神的神社，在日本有許多分社。八幡神起源眾説紛紜，原先並不是特別受人民愛戴的神明。在平安晚期的源平時代被奉為武士的神明，廣泛受到武士家族的祭祀。之後成為主要祈求戰爭勝利、守護武士的神明。

第60頁

【御百度】為了祈求某件事情，而在神社境內設定一段距離不斷來回行走，以輕微的苦行作為換取願望實現的方式。又或者是連續參拜一百天等。

【浪士】離開主公門下、失去俸祿的流浪武士。最有名的是「赤穗浪士」（忠臣藏）與「壬生浪士」（後來的新選組）。

第67頁

【雲右衛門】桃中軒雲右衛門，是明治至大正的浪曲師，有「浪聖」之稱。

解說

荒謬與現實——《夢十夜》的夢境書寫／洪敍銘

整個世界都變成了鮮紅色，萬物吐著火舌，圍著代助的腦袋一圈又一圈不斷地迴旋。代助決定乘車一直向前，直到自己的腦袋被燒成灰燼為止。

——夏目漱石《從此以後》

這是一場接著一場墜落的夢境。

愛慾與生死

夢一夜是一則關於「愛」的考驗——旁觀死亡、等待死亡，然後只能守候，是什麼讓「我」度過日復一日單調、近乎於死亡停滯的等待？偏執而熾熱的承諾、愛意與陷於瘋狂的執著；夢五夜也是考驗，武士將死前最後一次的賭注，是在天亮前見到心愛的女人一面，只是，天仍暗，鬼魅戲謔地假扮雞鳴，武士與女人霎時墜入死亡的深淵，萬劫不復；夢十夜仍是考驗，庄太郎跟著心儀的女子來到大草原，女子消失後取而代之的是成千上萬的豬群，在「食色性也」的無力抵抗下，筋疲力竭、魂飛魄散。

悔恨與孤寂

夢四夜追憶的是一則童年的故事，以手帕變戲法的老爺子在仿若咒語一般的「要變成蛇啦」的重誦裡，詭魅地沉入河底，而「我」在尚未意識到一切前，只是在旁饒富興味地等待；夢七夜描寫求死之人，在自殺之刻後悔，卻也只能懷著恐懼墜落；夢九夜深刻描摹無助、惶恐、氣憤、悔恨的母親，無能為力地祈求已亡故丈夫平安，誠心祈願與嬰孩的啼哭或靜默，交織出難以分離的親情羈絆，卻只能投入永恆、無聲的黑暗中，注定無法獲得回應。

哲學的辯證

夢二夜談的是「悟道」，挑戰了日本武士道傳統中對於「義」、「勇」、「仁」、「禮」、「信」、「忠」、「智」的追求，表現出對「道」的徬徨與反抗；夢六夜談「藝術」的表現形態，以雕刻仁王為楔子，探討藝術本質究竟是自然生成或人為創造，詼諧戲謔又帶有深刻反思；夢八夜則是透過「鏡像」，模擬無意識、跳躍的心理流動，呈現出不連續時間觀下，創造各種看似不可能的「奇蹟」，最終若無其事——如同一場短暫的夢。

恐怖的輪迴

夢三夜是《夢十夜》中，唯一給予明確解答的故事，父親思忖丟棄六歲的兒子，卻在深夜踽行裡，察覺肩上兒子的異狀，瀰漫著恐怖的氛圍；兒子不斷的長大，也不斷的變重，最終在森林深處，謎底揭曉，百年前成為殺人兇手的瞬間，也注定了這個復仇的輪迴。

時間的操控魔法

《夢十夜》的十個夢境各自擁有不同的主題、人物及敘事軸線，因為寫的是夢，因此紛雜跳躍的語言與思想世界，似乎在情理之中，但在其中，卻有一個關鍵的線索是相同的，即對「時間」的操縱。

《夢十夜》的時間觀，呈現出「凝滯」與「漫長」的鮮明對比，例如夢一夜中漫長的百年守候，但「我」的時間卻是近乎停止的，「已經一百年了啊」的慨歎，雙向地描述了對時間主觀的描述，實際上是既快且慢的；這種「停在此刻」和「過了很久」的刺激與碰撞，也出現夢三夜中，父親行走時充滿大量的恐懼、懷疑與焦慮的心理描述，這段時間毋寧說是被刻意放慢的，用以對應謎底揭曉時，百年輪迴的恨意與恐怖。

夢五夜的女人墜馬、夢七夜從投海到墜海的停格、夢八夜的鏡像，都出現了時間靜止的描述，而且這些描述，都和刻不容緩的危險有關；這仍對應著夢九夜母親無窮盡的祈願、夢十夜庄太郎「七天六夜」後的虛脫，這些夢境組成的時間斷裂與落差被凸顯與強調，開展了夢的「空間」的多元想像與廣袤意識，誠如《空間詩學》所指出的，完全放棄「事相」的外在性，回歸到身體的各種介面，包括感覺、知覺與動覺，也只有真正進入「內在性」，才能超脫現實，不再為現實所侷限；換言之，《夢十夜》的豐富意涵和令人費解的敘事空間，是來自於夏目漱石對「時間」意義的重組與再定義。

荒謬的現實性

許多人對於夢境的解析抱持保留，甚至質疑的態度，最主要的原因來自於夢者無意識的、對於零碎記憶片段的組建，正因為這些夢元件的構成處於某種未定的心理狀態，因此常見跳躍、荒謬的情境；另一方面，亦因夢境時間通常是斷裂且不連續的，夢境書寫也常被認為是一種極為私領域的囈語。

然而，佛洛伊德很早就提出了完全不同的見解，《夢的解析》即清楚指出「荒謬性」是夢的工作表現對立的方法之一，這顯示出「荒謬性」這樣的感受，是可以被創造出來的，而且這種創造，往往結合了現實世界中的嘲笑或其他負面情境，在夢裡以荒謬的方式，作為對立與反抗；換言之，夢境的荒誕可笑，往往表現出日常中隱性、被壓抑的感受，並在夢的空間中，創造了「顯夢」的形式。

從這個角度來閱讀《夢十夜》，夢四夜裡，耍著變蛇戲法的老爺子詭異地走向河底，彷若被附身一般的自溺，或許來自於「我」的童年記憶裡一段不可得之事物（手帕終究無法變成蛇）的失落，而這種挫敗的掩埋，轉換成一種旁觀的、事不關己的視角，在夢中顯現出來；夢十夜那個令人摸不著頭緒、突然現身的豬群，還有用檳榔樹拐杖敲打豬鼻就能讓豬墜落懸崖的荒誕，也可能轉化了庄太郎（我）情慾貪念的不滿，或者汲汲營營於日常生活期盼的景況中的被掏空，值得注意的是，這兩場夢裡，旁觀的眾人雖然感到狐疑，卻也輕鬆以對，這讓現實中極其重要的小事，在夢境的反映下，卻成為無足輕重的大事。

此外，加斯東．巴謝拉對夢的定義與詮解，一直都強調「社會成分」的剔除，因此政治及社會環境中的傳統、秩序與思想，很自然地會成為夢中被重新組構、轉化的對象；對應《夢十夜》的敘述，夢二夜中，「夢」到自己成為「武士」的「我」土法煉鋼地嘗試「悟道」，過程戲謔詼諧，卻始終不得其道、夢五夜中遵循傳統等候妻子的武將最終遭到「天探女」的捉弄與背叛、夢六夜對於藝術，特別是日本重要的仁王信仰的輕佻與隨意，都產生了與當代、現時的對應或對話。

《夢十夜》的作者夏目漱石生於1867年，該年是日本明治維新前一年，後設地揭示了他的一生，將處於日本近代史上，最積極邁向現代化，社會結構也最為動盪、混亂的時期。綜觀作家的一生，原生士族家庭在維新改革過程中的負累，孤獨、空虛、焦慮的心境貫穿他成長時期；求學與職場的亦不順遂，更重要的是，他在感情上的壓抑，愛情世界的心靈空缺，某種程度上加重了他的悲觀、厭世的負面情緒，或成為《夢十夜》創作的背景，以及有意識「造夢」的契機。

這部夏目漱石於41歲時創作的作品，於1908年7—8月連載，迄今已逾110年，歷來不僅有為數眾多的研究，解析、探究《夢十夜》的敘事結構與隱喻，2006年由河原真明等11位日本成名導演分別編導的「解夢」之作，以電影的語言詮釋了十個夢境，也對這道作者設下的「百年謎題」致敬，提供豐富的解讀空間。

解說者簡介／洪敍銘

文創聚落策展人、文學研究者與編輯。主裡「托海爾：地方與經驗研究室」，著有台灣推理研究專書《從「在地」到「台灣」：論「本格復興」前台灣推理小說的地方想像與建構》、〈理論與實務的連結：地方研究論述之外的「後場」〉等作，研究興趣以台灣推理文學發展史、小說的在地性詮釋為主。

TITLE

夢十夜

STAFF

出版	瑞昇文化事業股份有限公司
作者	夏目漱石
繪師	しきみ
譯者	黃詩婷
總編輯	郭湘齡
責任編輯	蕭妤秦
文字編輯	徐承義　張聿雯
美術編輯	許菩真
排版	許菩真
製版	明宏彩色照相製版有限公司
印刷	龍岡數位文化股份有限公司
法律顧問	立勤國際法律事務所　黃沛聲律師
戶名	瑞昇文化事業股份有限公司
劃撥帳號	19598343
地址	新北市中和區景平路464巷2弄1-4號
電話	(02)2945-3191
傳真	(02)2945-3190
網址	www.rising-books.com.tw
Mail	deepblue@rising-books.com.tw
本版日期	2021年4月
定價	400元

譯者

黃詩婷

由於喜愛日本文學及傳統文化，自國中時期開始自學日文。大學就讀東吳大學日文系，畢業後曾於不同領域工作，期許多方經驗能對解讀文學更有幫助。為更加了解喜愛的作者及作品，長期收藏了各種版本及解說。現為自由譯者，期許自己能將日本文學推廣給更多人。

國家圖書館出版品預行編目資料

夢十夜 / 夏目漱石作；しきみ繪；黃詩婷譯. -- 初版. -- 新北市：瑞昇文化事業股份有限公司, 2020.12
84面；　18.2x16.4公分

ISBN 978-986-401-458-3(精裝)

861.57　　109018406